Pablo y Floron

Lada Josefa Kratky

NATIONAL GEOGRAPHIC LEARNING | CENGAGE Learning

Érase una vez, hace muchísimos años, un pueblito pequeño. En ese pueblo no había ni carros, ni motocicletas ni bicicletas. La gente andaba a caballo o en burro.

Había dos hombres que vivían
allí y eran vecinos. Uno de ellos,
Pablo, era pobre. El otro, Florón,
era rico. Pablo era flaco y amable.
Florón era gordito y algo gruñón.

Un día, Pablo estaba sentado junto a su casa, cenando plátano. Era todo lo que tenía. En eso, de la casa de Florón le llegó un olorcito de lo más sabroso. Pablo se quedó sentado, disfrutando del olor.

Al día siguiente, Pablo le dijo a Florón:

—Gracias por ese olorcito de ayer, Florón. ¡Qué sabroso estaba!

—¿Cómo? —exclamó Florón—. Ese olorcito era mío. Entonces me lo tienes que pagar.

Como Pablo no le quiso pagar,
Florón lo llevó a hablar con el
alcalde.

—Señor, este flojo es culpable.
Me ha robado el olor que salía de
mi casa. El plato era mío y el olor
también. Ahora claro que me lo
tiene que pagar.

El alcalde le preguntó a Pablo:

—¿Es verdad lo que dice Florón?

—Bueno —replicó Pablo—, es verdad que el olor salía de su casa.

—Entonces hay que pagar —le dijo el alcalde—. Mañana tú me traes todo el dinero que tienes.

Pablo cruzó la placita y fue a su casa. Era una casita de un solo cuarto. Tenía solo una mesa y una silla, un solo plato y un vaso. Tenía un florero con solo una flor, un clavel.

Pablo estaba desesperado.

—¡Qué cosa más terrible! —se decía rascándose la cabeza—. ¿Cómo le voy a pagar a Florón? Yo tengo tan poco y él tiene tanto.

Buscó las pocas moneditas que tenía y las puso en una bolsita.

Al día siguiente, Pablo cruzó la
plaza y fue a ver al alcalde. Le
pasó la bolsita con todo su dinero.

—Aquí tiene, su señoría.

Le temblaba la mano de puro
susto. Florón era pura sonrisa.

El alcalde agitó la bolsita. Sonó el tintineo de las monedas.

—Florón, ¿oyó usted el tintineo de estas monedas?

—¡Pero, claro! Claro que sí, su señoría —replicó Florón.

—Bien —dijo el alcalde—. Entonces ya puede irse. Está claro que el olorcito de la comida suya queda bien pagado con el tintineo de las monedas de Pablo.

El alcalde le pasó la bolsita a Pablo, que regresó feliz y satisfecho a su casita.